ALTHÉE,

TRAGÉDIE-LYRIQUE,

EN CINQ ACTES;

PAR PIERRE ROYER.

Prix : 2 fr.

Paris.

Chez J.-N. Barba, Éditeur, cour des Fontaines, N° 7, ou rue St.-Honoré, en face le Café de la Régence.

A la Librairie de Duvernois, cour des Fontaines, N° 4.

Et chez les Marchands de Nouveautés.

1828.

ALTHÉE,

TRAGÉDIE.

DE L'IMPRIMERIE STÉRÉOTYPE DE **L. E. HERHAN**,
RUE DES BOUCHERIES SAINT-GERMAIN, N. 38.

ALTHÉE,

TRAGÉDIE-LYRIQUE,

EN CINQ ACTES;

PAR PIERRE ROYER.

Prix : 2 fr.

Paris.

Chez J.-N. BARBA, Éditeur, cour des Fontaines, N° 7, ou rue St.-Honoré, en face le Café de la Régence.

A la Librairie de DUVERNOIS, cour des Fontaines, N° 4.

Et chez les MARCHANDS DE NOUVEAUTÉS.

1828.

PERSONNAGES.

ALTHÉE, mère de MÉLÉAGRE.
MÉLÉAGRE, roi de Calydonie.
ATALANTE, reine d'Arcadie.
PLEXIPPE, frère d'ALTHÉE.
ANCÉE, gouverneur de Calydon.
ARBAS, capitaine des gardes.
LÉGISTES.
CALYDONIENS, }
ARCADIENS,   } des deux sexes.
GARDES, PEUPLE, SUITE, CHŒUR.
LE DESTIN, LA VENGEANCE, LE DÉSESPOIR,
TROUPE DE DÉMONS ET DE FURIES,
L'AMOUR, L'HYMEN, LE TEMPS, LE PLAISIR,

La Scène se passe à Calydon.

ALTHÉE,
TRAGÉDIE.

ACTE PREMIER.

Le Théâtre représente les jardins du palais, baignés par la mer.

SCÈNE PREMIÈRE.

ATALANTE, *seule.*

Paisibles confidens de ma vive douleur,
Beaux lieux que chaque jour j'arrose de mes larmes,
Ah ! cessez à mes yeux d'offrir encor vos charmes,
Ils semblent de mon sort accroître la rigueur.
Depuis que Méléagre a quitté ce rivage,
Pour mon sensible cœur il n'est plus de repos :
   Quand le péril environne un héros,
    Sa tendre amante le partage.
Paisibles confidens de ma vive douleur,
Beaux lieux que chaque jour j'arrose de mes larmes,
Ah ! cessez à mes yeux d'offrir encor vos charmes,
Ils semblent de mon sort accroître la rigueur.
   Plexippe, enfin tes perfides projets
   Dans mon amant trouvent donc leur victime ;
Ah ! l'amour que tu feins n'est point ton plus grand crime ;

Ton cœur ambitieux nourrit d'autres forfaits.
Si moins chéri d'Althée!... en ma juste colère,
Je pourrais recourir au tribunal des lois ;
Mais c'est à tes remords à vénger à la fois,
Méléagre, Atalante, et mon peuple et mon père.
        Qu'aperçois-je, grands dieux?
        C'est Plexippe lui-même :
Je ne peux soutenir ses regards odieux.
        Fuyons.   (*elle se retire.*)

SCÈNE II.

PLEXIPPE, ANCÉE.

PLEXIPPE.

      C'est dans ces mêmes lieux
Que j'ai souvent surpris l'objet charmant que j'aime.
Cher Ancée, Atalante...
        ANCÉE, *avec étonnement.*
        Atalante, seigneur,
Quel nom prononcez-vous !
        PLEXIPPE.
        Celui que, pour la vie,
L'amour a gravé dans mon cœur.
        ANCÉE, *avec surprise.*
En seriez-vous aimé? (*à part*) Ciel! quelle perfidie!
        PLEXIPPE.
Ah! l'amour sur moi seul étend tout son pouvoir.
Oui, sur moi seul s'appesantit sa chaîne.
        ANCÉE, *avec circonspection.*
Un tel fardeau se supporte sans peine,
        Quand on se flatte de pouvoir
        Fléchir un jour une inhumaine.

PLEXIPPE.

Ami, Plexippe est sans espoir.

ANCÉE.

Et depuis quand, seigneur, aimez-vous la princesse?

PLEXIPPE.

C'est à l'ambition qu'elle doit ma tendresse.
Son père, au fils d'Althée (alors trop jeune encor
Pour sentir tout le prix de ce double trésor),
Jasius, la donnant, ainsi que sa couronne,
Me vit former des vœux pour occuper ce trône.
Le titre de régent était trop peu pour moi :
Je résolus de le remplir en roi.

ANCÉE, à part.

Je frémis...

PLEXIPPE.

Pour me mettre à l'abri des orages,
Qu'excite une usurpation,
J'employai l'art d'obtenir les suffrages
Des plus grands de la nation.
Ce repos enfin de ma vie,
Semblait exiger que ma main
A celle d'Atalante encore fut unie ;
Je l'ai fait proposer par toute l'Arcadie.

ANCÉE.

Mais Méléagre instruit de votre heureux destin,
Sur cent vaisseaux blanchis par l'écume de l'onde,
Du port de Calydon...

PLEXIPPE, l'interrompant.

J'ai prévenu son dessein,
Et crains peu les succès sur lesquels il se fonde.
Ma sœur, ma sœur, Ancée, est seule à ménager ;
Et sa haine surtout n'est point à négliger.
Voici l'instant qui m'appelle auprès d'elle...

Ami, je compte en toi, sur un sujet fidèle ;
Si tu veux être heureux , sers mon ambition.
Ma faveur, au surplus, sur ta discrétion,
Saura se mesurer , ainsi que sur ton zèle.   (*Il quitte la scène.*)

SCÈNE III.

ANCÉE, *seul.*

M'ordonner de servir tes affreux attentats !...
Si les Dieux t'écoutaient, sans doute sur ta tête,
Je les verrais lancer la foudre par éclats.
Crois-tu, qu'ainsi que toi, nul motif ne m'arrête?
Mon honneur, mon devoir, ma patrie et mon roi,
Sont-ils donc des objets indignes de ma foi !
Apprends par tes malheurs à mieux connaître Anéée.

(*Il va pour sortir.*)

SCÈNE IV.

ATALANTE, ANCÉE.

ATALANTE, *arrêtant Ancée.*
Ancée, où courez-vous ?

ANCÉE.
Punir un suborneur !
Faire arrêter Plexippe, et vengant notre honneur,
Procurer le repos à mon âme indignée.

ATALANTE.
Ah ! demeurez, ses perfides complots
Ont frappé mon oreille à travers ce feuillage.
Prétendre nous venger, c'est opposer aux flots
Une digue peu propre à contenir leur rage.

ANCÉE.

Pour récompenser ou punir,
Méléagre en mes mains a remis sa puissance.

ATALANTE.

Je redoute pour vous bien moins votre indulgence,
Que sa punition, dont il peut s'affranchir.
Vous connaissez l'attachement extrême
Que pour son frère Althée a conservé toujours.

ANCÉE.

Un monarque n'est grand, qu'en se rangeant lui-même
Sous l'empire des lois, sans en gêner le cours.

ATALANTE.

La reine en ce moment lui prépare une fête.
Épargnons aujourd'hui sa trop coupable tête,
Et suspendons notre ressentiment.

(*On entend une marche.*)

SCÈNE V.

LES ACTEURS PRÉCÉDENS, ALTHÉE *et suite.*

ALTHÉE , *à Ancée.*
Vous, que de son attachement,
Mon fils, à juste droit honore ;
Vous , que dans Calydon votre vertu décore,
Autant que son gouvernement ;
Ancée, allez au peuple annoncer que mon frère
En ces lieux recevra son hommage sincère.
(*Ancée se retire, et Althée adresse ce qui suit à Atalante.*)
Pour vous, dont le sensible cœur
Loin de mon fils, est privé d'allégresse ;
Demeurez près de moi, princesse,
Augmentez mes plaisirs, partagez mon bonheur.

ATALANTE.

A ma soumission, auguste souveraine,
Connaissez le pouvoir que vous avez sur moi.
Le plus tendre respect est l'invincible chaîne,
Qui me tient attachée à vous ainsi qu'au roi.
Mais de ce prince, hélas, la rigoureuse absence,
Verse trop d'ennuis sur mes sens,
Pour croire qu'ici ma présence
Puisse ajouter à vos amusemens.
Et puis-je partager vos divertissemens,
Quand pour les jours du roi, j'ai lieu d'être tremblante?

ALTHÉE.

J'attribue à l'erreur le discours d'Atalante,
Et ne dois point m'en offenser.
Une mère, sans doute, a le droit de penser
Aux dangers de son fils autant que son amante.

ATALANTE.

Eh! sur les jours du roi qui peut me rassurer?

ALTHÉE.

Moi.

ATALANTE.

Vous, Althée!

(*Elle baise la main d'Althée avec transport.*)

Ah! dois-je l'espérer?

ALTHÉE.

Leur destinée est en mes mains.

ATALANTE, *à part.*

Ciel! je frissonne!

ALTHÉE, *après avoir fait signe à sa suite de s'éloigner.*

Atalante, apprenez ce que ne sait personne.
Ces arbitres de notre sort,
Redoutables par leur puissance,

Qui président à la naissance,
Au cours de la vie, à la mort,
Le jour que j'eus mon fils, s'offrant à ma présence,
Glacèrent tous mes sens par leur sinistre abord.
Je voulus aussitôt savoir sa destinée :
Il me semblait cruellement souffrir.

ATALANTE, *avec douleur.*

Hélas !

ALTHÉE.

C'en était fait ; et la même journée
Où je lui donnai l'être, allait le voir mourir.

ATALANTE, *avec frayeur.*

Ciel !

ALTHÉE.

De ces sœurs la seconde déesse,
Lachésis, qui veille à nos jours,
Sans compâtir à ma faiblesse,
Me tint cet affreux discours :
« L'enfant qui de toi vient de naître,
« Du séjour des vivans est près de disparaître,
» Et ton fils ne respirera,
» Qu'autant que ce tison dans tes mains restera. »

ATALANTE, *jetant un grand cri.*

Grands dieux !

ALTHÉE.

Ces derniers mots déchirèrent mon âme,
Tout le palais retentit de mes cris.
J'arrachai le tison des mains de Lachésis,
Et le plongeant dans l'eau, j'en éteignis la flamme.
Depuis ce moment périlleux,
J'ai ce dépôt en ma puissance ;
Mais jamais, non jamais, j'en atteste les dieux,
Par moi, d'autre que vous n'en aura connaissance.

SCÈNE VI.

ALTHÉE, ATALANTE, PLEXIPPE, *suite d'Althée,
peuple.*

PLEXIPPE, *à Althée.*
Avec empressement j'arrive dans ces lieux,
Bien moins pour recevoir l'honneur qu'on veut me rendre,
Qu'afin de célébrer l'amitié la plus tendre,
Que j'ai pour vous, ma sœur,

(*A Atalante, en voulant lui baiser la main.*)

Et revoir vos beaux yeux.
ATALANTE, *retirant sa main.*
Du peuple rassemblé respectez la présence.
ALTHÉE, *au peuple.*
Peuple, par vos concerts flatteurs,
Célébrez l'amitié, ses constantes douceurs.
Que l'expression de la danse,
A vos accens ajoutant la gaîté,
Manifeste à nos yeux cette pure innocence
Qui fait votre félicité.

(*Il se forme des danses, pendant lesquelles on chante le chœur
suivant.*)

CHOEUR.

Par nos concerts flatteurs,
Célébrons l'amitié, ses constantes douceurs !
Que l'expression de la danse,
A nos accens ajoute la gaîté.
Manifestons ici cette pure innocence,
Qui fait notre félicité.

DUO.

PLEXIPPE ET ALTHÉE.

Doux sentiment, présent de la nature,
Tendre amitié, lien sacré des cœurs ;
Pour deux mortels comblés de tes faveurs,
Tu deviens du bonheur la source la plus pure.
Tes chaînes sont autant de fleurs,
On les supporte sans murmure ;
Ton règne est exempt des rigueurs,
Qu'en amour toujours on endure.
Doux sentiment, présent de la nature,
Tendre amitié, lien sacré des cœurs ;
Pour deux mortels, comblés de tes faveurs,
Tu deviens du bonheur la source la plus pure.

CHOEUR.

Doux sentiment, présent de la nature,
Tendre amitié, lien sacré des cœurs ;

PLEXIPPE ET ALTHÉE.

Pour deux mortels, comblés de tes faveurs,
Tu deviens du bonheur la source la plus pure.

CHOEUR.

Tu deviens du bonheur la source la plus pure.

SCÈNE VII.

LES ACTEURS PRÉCÉDENS ET ANCÉE.

ANCÉE *à Althée*.
Une chaloupe vers ce port,
De la flotte du roi ce matin détachée,

Pour annoncer sa prochaine arrivée,
   Vient d'aborder aux pieds du fort.

ALTHÉE ET ATALANTE, *avec surprise et satisfaction.*

Mon fils !
   Le roi !

ANCÉE.

   Déjà l'on aperçoit les voiles ;
Et si j'en crois mes yeux, avant que les étoiles,
Remplacent de leurs feux l'astre éclatant du jour,
Calydon reverra l'objet de son amour.

ALTHÉE, *à Atalante.*

Princesse, ce retour met fin à vos alarmes.

PLEXIPPE, *à Atalante.*

Pour votre cœur il est du plus grand prix.

ATALANTE.

De cette fête il complète les charmes.

ALTHÉE.

Volons, volons au-devant de mon fils.

CHOEUR.

Volons, volons au-devant de son fils.

FIN DU PREMIER ACTE.

ACTE II.

Le Théâtre représente le port de Calydon; plusieurs vaisseaux sont en rade; le Palais se découvre sur le côté; la mer est calme, et le débarquement s'opère dans des chaloupes.

SCÈNE PREMIÈRE.

ALTHÉE, MÉLÉAGRE, PEUPLE.

CHOEUR DU PEUPLE, *pendant le débarquement.*

Vive, vive, notre grand souverain !
Que de ses jours la brillante durée,
Sur notre amour, par le ciel mesurée,
Comme sa gloire soit sans fin.
Vive, vive notre grand souverain.

ALTHÉE, *recevant Méléagre dans ses bras.*

Viens, mon cher fils, dans les bras de ta mère.
Approche de mon cœur, et que ses mouvemens
Impriment sur le tien ses tendres sentimens

MÉLÉAGRE.

Ah ! que pour moi cette entrevue est chère !
Que pour un fils il est délicieux
De trouver celle qu'il révère
Dans le premier objet qui vient frapper ses yeux !
Ah ! que pour moi cette entrevue est chère !

ALTHÉE.

L'amour eût pu vous servir mieux ;
La princesse avant moi s'offrir à votre vue ;
Mais votre arrivée imprévue....

MÉLÉAGRE.

Ah ! c'est à Méléagre à devancer ses pas.
Amour, amour, vers ses divins appas
Daigne me diriger....

SCÈNE II.

LES ACTEURS PRÉCÉDENS, ATALANTE ET ANCÉE.

ATALANTE, *se précipitant au-devant de Méléagre.*
Ah ! cher prince !

MÉLÉAGRE.
Atalante !

ATALANTE.

Pardonnez ce retard d'une timide amante....
O pouvoir inconnu de votre heureux retour !
Plus mon cœur aspirait après un si beau jour,
Et plus ce jour me rend tremblante.

MÉLÉAGRE.
Mon tendre amour doit vous calmer ;
Ma gloire en illustre la flamme.

ATALANTE.
Votre gloire, seigneur ! ah ! vous me percez l'âme,
Et le mot de conquête a droit de m'allarmer.

MÉLÉAGRE.
Je ne dois point mon triomphe et ma gloire
Au sort funeste des combats.
J'aurais cru ternir ma mémoire,

En ne conservant vos États
Que par l'éclat de la victoire.
Pour ramener des peuples égarés,
La tendre humanité rend le succès prospère :
La vengeance ne fait que des désespérés,
Et la clémence rend les enfans à leur père.

SCÈNE III.

LES ACTEURS PRÉCÉDENS ET LES GENS DE LA FLOTTE,
dont le débarquement s'effectue.

MÉLÉAGRE, *à Atalante.*

Reconnaissez dans ces Arcadiens,
Les principaux de votre empire :
A voir serrer le plus doux des liens,
Ainsi que moi chacun aspire.

UN ARCADIEN EN BERGER, ET UNE ARCADIENNE EN BERGÈRE.
(*Ils sont à la tête de plusieurs bergers et bergères.*)

DUO.

LE BERGER.

De notre fidélité
Nous venons vous faire hommage.

LA BERGÈRE.

De notre sincérité
Nos cœurs sont le plus pur gage.

ENSEMBLE.

Et notre félicité
Est d'être à vous sans partage.

CHOEUR, *à Althée.*

Et vous mère de notre souverain,
Sur vos jours précieux veille un heureux destin !

ALTHÉE, MÉLÉAGRE, ATALANTE.

Qu'un hommage aussi pur nous flatte !
Pour nos cœurs il est plein d'attraits.
Sur ce peuple, grands dieux, répandez vos bienfaits,
Et que votre bonté sur lui sans cesse éclate.

CHOEUR.

Un hommage aussi pur les flatte !
Pour leurs cœurs il est plein d'attraits.
Dieux ! sur nos souverains répandez vos bienfaits,
Et que votre bonté sur eux sans cesse éclate.

(*Danses de bergers, de bergères et des gens de la flotte.*)

MÉLÉAGRE.

Le sombre voile de la nuit
Sur cette mer déjà s'abaisse.
Peuple, que votre amour en ces lieux a conduit,
Remenez au palais la reine et la princesse.
Avant que les oiseaux, par leurs chants amoureux,
Annoncent le lever d'une seconde aurore ;
Réuni par l'hymen à l'objet que j'adore,
Vos yeux des souverains verront le plus heureux.

(*Tout le monde se retire, à la réserve de Méléagre et Ancée.*)

SCÈNE IV.

MÉLÉAGRE et ANCÉE.

MÉLÉAGRE.

Ancée, il est donc vrai que, fuyant ma présence,
Plexippe ait dédaigné de se rendre en ces lieux ?

Peut-être est-il confus de paraître à mes yeux.
Ah ! s'il arma mon bras, sa punissable offense
Trouve grâce en mon cœur, et je remets aux dieux
    Le triste soin de ma vengeance.

ANCÉE.

Seigneur, votre bonté ne peut se démentir,
    Mais tant de piété m'étonne.
    Souvent le ciel tarde trop à sévir,
Et le crime est commis, lorsque Jupiter tonne.

MÉLÉAGRE.

    Toujours les dieux sont prêts à pardonner,
    Et toujours lents à condamner.

ANCÉE.

    Ces protecteurs de l'innocence,
Punissant un pervers avant ses noirs succès,
Feraient mieux, à mes yeux, éclater leur puissance
    Que de le foudroyer après.
Que ne puis-je, seigneur, dans un profond silence,
    Ensevelir leur tiède indifférence,
Ou faire retentir à la voûte des cieux
L'éloge mérité de leurs soins généreux?...
    D'une ambition trop cruelle
A peine je vous vois échapper au danger,
    Qu'une passion criminelle
Dans de nouveaux périls s'apprête à vous plonger.

MÉLÉAGRE.

Ciel !... je frémis... ô toi, dont l'amitié m'est chère,
    Ancée, éclaircis un mystère
    Où j'entrevois l'iniquité.

ANCÉE, *avec précaution.*

Vous aimez Atalante... et... comme vous Plexippe!...

MÉLÉAGRE.

Que m'apprends-tu?... quelle duplicité !

ANCÉE, *vivement*.

A cette folle ardeur, non qu'elle participe,
Ancée ici vous répond de son cœur,
Et votre amour de sa tendresse.
Mais, hélas ! toute sa rigueur,
Bien loin de désarmer son fier persécuteur,
N'en a que plus irrité la faiblesse.

MÉLÉAGRE.

Ah ! dis plutôt l'audace... Achève ce récit,
Et ne crains point d'enflammer mon dépit.

ANCÉE.

Sans égard pour la confiance,
Dont jusqu'ici, seigneur, vous m'avez honoré,
Sous l'espoir d'être un jour par ma main secondé,
Plexippe de ses feux m'a fait la confidence.

MÉLÉAGRE.

Dieux ! c'en est trop... j'ai peine à soutenir
Le choc de cette perfidie.
Sa lâcheté !... sa barbarie
Me forcent au courroux dont je dois m'abstenir.

ANCÉE.

S'il n'a pu se livrer à la reconnaissance ;
Si son cœur trop ingrat méconnut vos bienfaits ;
Reprochez-vous, seigneur, les maux qu'il vous a faits :
Accusez-en votre clémence.

MÉLÉAGRE.

Ancée, à ses regards je vais me présenter.
Je veux tout employer pour émouvoir son âme.
Puisse l'heureux instant qui verra l'agiter,
Le rendre à mon estime, en éteignant sa flamme.

FIN DU SECOND ACTE.

ACTE III.

Le Théâtre représente une forêt agréablement percée ; au milieu est un autel consacré à la paix : un ruisseau coule auprès ; le palais se laisse apercevoir à travers les arbres.

SCÈNE PREMIÈRE.

PLEXIPPE, seul.

Sous les riches lambris d'un somptueux palais,
 Rarement le trouble nous quitte ;
C'est dans ces lieux consacrés à la paix,
Que je viens dissiper tout celui qui m'agite.

  (avancé près de l'autel, il lui adresse ce qui suit.)

Marbres sacrés, antique monument
 Elevé par une âme pure ;
 Qui calmez invinciblement
Des passions le dangereux murmure :
 Je viens vous découvrir mon cœur,
 Contre son repos tout conspire.
 Ah ! du remords qui le déchire,
 Bannissez, s'il se peut l'horreur...
Que près de la vertu le crime a de faiblesse !
Méléagre aujourd'hui s'est à moi présenté ;
Dans mes bras aussitôt il s'est précipité ,

Me témoignant la plus vive tendresse.
Que près de la vertu le crime a de faiblesse !
J'ai senti naître en moi la voix du repentir ;
Jusqu'à lui par ma bouche elle allait retentir.

Je devenais sa plus chère conquête,
Lorsque de son bonheur le fatal souvenir
Suspendit sa victoire, ainsi que ma défaite...
Ce prince heureux !... Pourrait-il s'en flatter
Tant que respirera Plexippe ?...
Non : que cet espoir se dissipe.
Ce prince heureux !... Qu'il cesse de douter
Que sa tranquillité dépend d'une couronne.
Le crime se permet souvent de contester
Ce que la vertu donne.

SCÈNE II.

PLEXIPPE, ALTHÉE et suite.

ALTHÉE.

Pour vous livrer, mon frère, au trouble où je vous vois,
De quel lieu, de quel jour avez-vous donc fait choix ?
Lorsqu'avant leur hymen, Méléagre, Atalante,
Pour unir leurs États par un vœu solennel ;
Conduisent leurs sujets vers cet auguste autel ;
Cette pompe pour vous est-elle indifférente ?

PLEXIPPE, *toujours emporté.*

Méléagre, aujourd'hui, ma sœur, à mon réveil,
Est venu m'inviter à ce vain appareil.

ALTHÉE.

Je n'y vois point de mal.

PLEXIPPE, *d'un ton courroucé.*

Moi, j'y vois un outrage

Que votre fils veut me faire essuyer ;
Mais ce sont les beaux jours qui servent de foyer
Au plus épouvantable orage.   (*Il sort.*)

SCÈNE III.

ALTHÉE et sa suite.

De quel affreux saisissement
Mon âme, à son départ, se trouve-t-elle atteinte ?...
Est-ce l'effet d'une frivole crainte,
Ou d'un fatal pressentiment ?
Quelle qu'en soit la cause, elle est pour moi pénible...
Je sens que mes esprits sont prêts de s'égarer...
Le coup qui doit frapper est-il donc si terrible,
Qu'il ne soit point en moi de le pouvoir parer ?...
Destin, dont les décrets sont un profond abyme,
Pourquoi me défends-tu de sonder l'avenir ?
Qui d'Althée, ou de toi, devient auteur du crime,
Si je ne peux le prévenir ?
Ah ! laisse-moi lever ce voile respectable,
Qui dérobe le sort propre à chaque mortel.
Le mien, cent fois, fut-il plus formidable,
Qu'il cesse d'être impénétrable
Avant de m'éloigner de cet auguste autel.
Destin, dont les décrets sont un profond abîme,
Pourquoi me défends-tu de sonder l'avenir ?
Qui d'Althée ou de toi devient auteur du crime,
Si je ne peux le prévenir.

CHOEUR *dans l'éloignement.*
De la guerre,
Oublions les horreurs ;

Elle fait les malheurs
De la terre.

ALTHÉE.

Éloignons-nous. Dans l'état où je suis,
Je ne puis soutenir l'approche de mon fils.

SCÈNE IV.

MÉLÉAGRE, ATALANTE, CALYDONIENS et ARCADIENS des deux sexes.

(Méléagre est à la tête des Calydoniens ; Atalante à celle des Arcadiens. Ils arrivent par deux côtés opposés, en formant ur e marché.)

MÉLÉAGRE ET ATALANTE.

DUO.

Dans ce paisible et tranquille séjour,
L'art n'efface point la nature.
Un simple autel fait sa parure,
L'espace seul en limite le tour.
Ce ruisseau qui vient de la plaine,
Murmure doucement ses eaux ;
Le gazouillement des oiseaux
Même se fait entendre à peine ;
Et sous ces mobiles berceaux
Zéphire retient son haleine.

UNE CALYDONIENNE.

Aux champs de Mars,
On voit mille étendards,
Briller aux sons belliqueux des trompettes ;
Et nos guerriers,
Couronnés de lauriers,
En rapporter pour orner leurs retraites.

UNE ARCADIENNE.

Dans nos vergers,
Les plus galans bergers
Nous font danser aux doux sons des musettes ;
De leurs chapeaux
Les rubans les plus beaux,
Sont détachés pour parer nos houlettes.

DUO.

MÉLÉAGRE, ATALANTE.

Galans bergers,
Braves guerriers, } Que vos chants désormais
S'élèvent dans les airs, pour célébrer la paix.

CHOEUR.

De la guerre
Oublions les horreurs,
Elle fait les malheurs
De la terre.

MÉLÉAGRE ET ATALANTE

Que la paix de vos cœurs,
Bannissant les fureurs,
A jamais vous soit chère.

CHOEURS.

Que la paix de nos chœurs,
Banissant les fureurs,
A jamais nous soit chère.

TOUS.

Puisse le serment solennel
Que nous faisons sur cet autel,
De ne plus recourir aux armes,
Sceller la fin de nos alarmes.

MÉLÉAGRE, ATALANTE.

Fille des dieux, céleste paix !
Règnes, règnes sur nous, règnes-y pour jamais.

(*On danse.*)

TOUS.

Fille des dieux, céleste paix !
Règnes, règnes sur nous, règnes-y pour jamais.

SCÈNE V.

LES ACTEURS PRÉCÉDENS, ARBAS.

ARBAS.

Seigneur, de sa fatale épée,
Un monstre, avoué de l'enfer,
Dont le coupable front est caché sous un fer,
Aux portes du palais, vient de percer Ancée.

TOUS, *avec effroi.*

Ciel ! justes dieux !

MÉLÉAGRE.

Quel est ce criminel ?

ARBAS.

On le croit étranger.

MÉLÉAGRE.

Ah ! le cruel !...
Ainsi de mes sujets, le plus digne de l'être,
Ancée expire !... Allez : qu'on s'assure du traître ;
Et tandis que je vais en faire l'examen,
Que le peuple se rende au Temple de l'hymen.

FIN DU TROISIÈME ACTE.

ACTE IV.

Le Théâtre représente la chambre de justice.

SCÈNE PREMIÈRE.

MÉLÉAGRE, *seul.*

Effroi du crime, appui de l'innocence,
Lien sacré des peuples et des rois,
Vous allez donc, sublimes lois,
Du sang d'Ancée assurer la vengeance !
Jamais la naissance ou le rang,
N'osa vous soustraire un coupable :
Votre force est pour lui d'autant plus redoutable,
Que plus il est illustre, et plus son crime est grand.
Effroi du crime, appui de l'innocence,
Lien sacré des peuples et des rois,
Vous allez donc, sublimes lois,
Du sang d'Ancée assurer la vengeance.

SCÈNE II.

MÉLÉAGRE et ALTHEE.

ALTHÉE.
Pourquoi, mon fils, cet appareil ?

MÉLÉAGRE.

A mes chagrins il n'est rien de pareil.
Je perds Ancée.

ALTHÉE.

O ciel!

MÉLÉAGRE.

Sa débile paupière
Pour la dernière fois a revu la lumière.

ALTHÉE.

Eh ! se peut-il?...

MÉLÉAGRE.

Hélas ! c'est dans mon sein
Que l'a fait expirer un infâme assassin.

ALTHÉE, *à part.*

J'éprouve à ce discours un trouble épouvantable.
(*Haut.*) Je partage, mon fils, votre juste douleur ;
Mais en lui Calydon ne perd qu'un gouverneur.

MÉLÉAGRE.

Pour un roi que toujours la flatterie accable,
La perte d'un ami n'est jamais réparable.

ALTHÉE.

Sa rigide vertu prépara ses malheurs.

MÉLÉAGRE.

Ainsi le crime encor trouve des protecteurs !

ALTHÉE.

Tant de regrets, mon fils, permettent-ils l'offense ?

MÉLÉAGRE.

Pardonnez cet excès de ma vive amitié.
Toujours à votre cœur la bonté fit défense
De s'armer contre la pitié.

ALTHÉE.

Souvenez-vous que l'indulgence

Nous fait éprouver un plaisir
Incomparable à ceux que promet la vengeance.

MÉLÉAGRE.

Contre ce meurtrier peut-on ne pas sévir.
Que ne s'élançait-il plutôt sur moi, le traître !
Il eût de ma clémence obtenu son pardon !
N'attentant qu'à mes jours, j'en eusse été le maître ;
C'est ainsi qu'un héros sut se faire un grand nom.

ALTHÉE.

Eh bien ! mon fils, que faut-il faire ?

MÉLÉAGRE.

Contre cet assassin vous joindre à moi, ma mère ;
Laisser agir la loi.

ALTHÉE.

Votre justice a tout pouvoir sur moi.

SCÈNE III.

MÉLÉAGRE, ALTHÉE, PLEXIPPE, LÉGISTES.

*(Althée et Méléagre se placent sur des siéges qui leur sont
préparés ; les ministres de la loi entrent et se tiennent assis
des deux côtés. Plexippe arrive au milieu d'une garde nom-
breuse : il a la tête couverte d'un casque dont la visière est
baissée.)*

MÉLÉAGRE, *à Plexippe.*

Toi qui, dans mon sujet, osas me faire outrage,
Quel est ton nom ? Apprends-moi quels succès
Te faisait espérer le plus grand des forfaits...

(Après un moment de silence.)

Ton silence pour toi n'est d'aucun avantage :

4

Vainement, sous ce fer, tu te tiens ignoré :
Quand le crime est commis nos lois ont prononcé...

(Aux Légistes.)

Vous, de mes volontés, sages dépositaires,
    Portez l'épouvante en son cœur.
    Que de la loi le cri vengeur,
    En impose à ses réfractaires.

UN LÉGISTE.

    Celui de vos sujets,
      Que de ses noirs projets,
    Cet inconnu rend la victime,
      Mérite nos regrets.
Punissez, punissez ce crime,
    Et ne le pardonnez jamais.

CHOEUR des Légistes.

Punissez, punissez ce crime,
    Et ne le pardonnez jamais.

UN AUTRE LÉGISTE.

    La clémence
    Est la vertu des rois ;
    Mais elle n'exerce ses droits
Que lorsque le coupable est sans expérience.
Les crimes réfléchis sont proscrits par les lois ;
    Et les soustraire à leur vengeance,
    C'est un abus de la puissance.

CHOEUR.

    Celui de vos sujets
    Que, de ses noirs projets,
    Cet inconnu rend la victime,
    Mérite nos regrets.
Punissez, punissez ce crime,
    Et ne le pardonnez jamais.

MÉLÉAGRE.

Qu'on arrache à ce téméraire,
Le fer qui tient caché son trouble en ce moment :
Que sa confusion soit son premier tourment.

PLEXIPPE, *arrachant son casque.*

Reconnais ton rival !

ALTHÉE.

Que vois-je !... c'est mon frère !
O de mes jours le jour le plus affreux !

MÉLÉAGRE.

Ma mère....

ALTHÉE.

Barbare, qui me fis appeler en ces lieux,
Cesse de me donner un titre que j'abhorre.
Le crime qui nous déshonore,
N'est pas pour moi plus odieux.

(Elle se retire.)

PLEXIPPE.

Le sang que ma main dût répandre,
M'a su venger d'un sujet indiscret ;
Mais il ne m'eût qu'à demi satisfait,
Si de sa haine Althée avait pu se défendre.
Sous ce déguisement qui dût tromper tes yeux,
Vois de l'ambition le jouet misérable.
Le sceptre arcadien fut l'objet de mes vœux,
Atalante un prétexte à ces vœux favorable.
Ta fortune aujourd'hui te les donne tous deux ;
Mais... tremble d'être encor plus que moi malheureux.

*(Il se frappe d'une arme, qu'il saisit à l'un des gardes; on
l'emporte.)*

MÉLÉAGRE.

Il meurt... sur sa fin déplorable,
Encor quelques instans qu'on garde le secret.

(A ses ministres.)

Et vous, laissez-moi seul.   *(Tous se retirent.)*

SCÈNE IV.

MÉLÉAGRE.

Du plus terrible arrêt,
Ciel ! tu me fais subir la peine.....
De ta rigueur plus qu'inhumaine,
Je n'attends que des maux : frappe, me voilà prêt.
De l'amitié je ressentais les charmes ;
De l'amour maternel je goûtais les douceurs ;
J'allais d'un tendre hymen partager les faveurs.....
Mais à tant de bonheur succèdent mille allarmes.
Du plus terrible arrêt,
Ciel ! tu me fais subir la peine.....
De ta rigueur plus qu'inhumaine
Je n'attends que des maux : frappe, me voilà prêt.

SCÈNE V.

MÉLÉAGRE, ATALANTE.

ATALANTE.

Cher prince, que mes yeux vous revoient avec joie !

MÉLÉAGRE, *confus*.

O ciel !

ATALANTE.

A quel revers êtes-vous donc en proie ?
De grâce éclaircissez....

MÉLÉAGRE.

Les dieux dans leur courroux,
Me rendent aujourd'hui trop indigne de vous.

ATALANTE.

A ce discours affreux je ne puis rien comprendre.
    Parlez...

MÉLÉAGRE, *à part.*

    Que je vais la surprendre !
(*Haut, mais d'un ton embarrassé.*)
Ancée... hélas !...

ATALANTE.

    Ancée a terminé ses jours.
Nous perdons l'un et l'autre un ami pour toujours.

MÉLÉAGRE.

Il meurt assassiné...

ATALANTE.

    D'une main inconnue
Il a reçu le coup : son âme est descendue
    Dans le séjour des morts.
Son meurtrier...

MÉLÉAGRE.

    A pris naissance sur ces bords.

ATALANTE.

Sans que la nation jamais y participe,
On a vu de son sein des monstres furieux,
S'élancer et frapper les images des dieux.

MÉLÉAGRE.

Le nom de celui-ci...

ATALANTE.

    Quel est-il ?

MÉLÉAGRE.

    Plexippe.

ATALANTE.

Dieux !

MÉLÉAGRE.

    Ils m'ont envoyé tous les maux à la fois.
Le courroux de ma mère... Ah ! ciel ! je l'aperçois :
Il faut m'en éloigner... O sort plein d'inclémence !
Pourquoi me contrains-tu d'éviter sa présence ?

SCÈNE VI.

ALTHÉE.

C'en est donc fait !... Plexippe ne vit plus !
De la mort sur son front j'ai vu la pâle image !
Tristes regrets, vous êtes superflus :
Cédez, cédez ! faites place à la rage.

    Dieux des enfers, sombres esprits,
Qui résidez au centre de la terre ;
    Pour la plus déplorable mère,
    Que votre retraite est de prix !
Je ne puis plus porter les chaînes
Qui me tiennent liée à mon malheureux fils :
Et l'abîme couvert par d'éternelles nuits,
    M'est préférable à ce séjour de peines.

    Dieu des enfers, sombres esprits,
Qui résidez au centre de la terre,
    Pour la plus déplorable mère,
    Que votre retraite est de prix !

Pour servir ma vengeance, implacables furies,
    Désertez l'empire des morts :
    De cent démons soyez suivies,
Accourez m'animer de vos affreux transports.

SCÈNE VII.

ALTHÉE, LA VENGEANCE, LE DÉSESPOIR, TROUPE DE DÉMONS
ET DE FURIES.

(Le Théâtre s'ouvre en différens endroits ; les Furies, la Ven-
geance, le Désespoir, les Démons se présentent à Althée ;
les uns l'animent par leurs danses, d'autres l'excitent par
leurs voix.)

CHOEUR DE DÉMONS ET DE FURIES.

De notre présence,
Ressens les effets ;

(La Vengeance lui présente un tison, qui fait reculer d'horreur
Althée.)

Et de la vengeance,
Accepte les traits.
Nous brûlons de zèle
Pour qui nous appelle ;
Et de son courroux,
Nous hâtons les coups.
De notre présence,
Ressens les effets.

ALTHÉE.

De votre présence,
Je sens les effets.

CHOEUR.

Et de la vengeance
Accepte les traits.
Nous brûlons de zèle,
Pour qui nous appelle ;

Et de son courroux,
Nous hâtons les coups.

ALTHÉE, *excitée et animée, prend enfin le tison.*

De votre présence,
Je sens les effets ;
Et de la vengeance,
J'accepte les traits.

(Les Démons et les Furies rentrent sous le Théâtre ; le Déses-
poir et la Vengeance reconduisent Althée.

FIN DU QUATRIÈME ACTE.

ACTE V.

Le Théâtre représente le vestibule du Temple de l'hymen.

SCÈNE PREMIÈRE.

(Le Désespoir et la Vengeance se laissent apercevoir un moment,
poursuivant Althée.)

ALTHÉE.

Cruels, retirez-vous dans vos demeures sombres.
    Allez, de vos affreux projets,
  Faire frémir, épouvanter les ombres :
Réservez pour l'enfer l'horreur de vos bienfaits...
    Hélas ! au dépit qui m'enflamme,
Quel sentiment nouveau succède dans mon âme ?
    Je sens que mon inimitié,
  En ce moment fait place à la pitié.
C'est le pouvoir du dieu qui règne dans ce temple.
   Démons, démons, quel lieu choisissez-vous,
    Pour tracer du courroux
Aux siècles à venir le plus funeste exemple ?
   Ici, mon fils, par les plus tendres nœuds
  Sous peu d'instans doit voir combler ses vœux ;
Et je pourrais... Mais où me réduit ma faiblesse ?...
Quoi !... mon frère n'est plus... et Méléagre encor...
Moi-même je respire... O saint moment d'ivresse ,
Qui permet à mon âme un noble et libre essor !...

5

Oui , chère ombre , ma mort peut expier ton crime ;
Mais ce n'est point assez d'une seule victime :
Il faut , loin de ce lieu , de peur de m'attendrir ,
Que la mère et le fils tous deux aillent périr.

(Elle veut se retirer.)

SCÈNE II.

ALTHÉE , ATALANTE , LE DESTIN.

ATALANTE , *se précipitant aux genoux d'Althée.*
Mère de mon amant, d'un prince que vous-même
M'avez destiné pour époux ,
Permettez-moi, d'embrasser vos genoux.
Le roi, pour m'imiter , attend l'ordre suprême...

(apercevant le tison.)

Mais que vois-je en vos mains ?... Grands dieux !....
Ah ! cet effroi que je lis dans vos yeux ,
Ne m'annonce que trop le sort de ce que j'aime.
Laissez-vous toucher par mes pleurs,
En faveur de nos feux daignez être sensible :
Pourriez-vous rester inflexible,
Lorsque l'Hymen nous promet ses douçeurs ?
Ce temple est le séjour du dieu de la tendresse ;
L'Amour sur son autel va faire deux heureux.
Puisse votre amitié, serrant de si doux nœuds,
Bannir de ce beau jour tout sujet de tristesse.
Laissez-vous toucher par mes pleurs,
En faveur de nos feux daignez être sensible ;
Pourriez-vous rester inflexible
Lorsque l'Hymen nous promet ses douceurs ?

ALTHÉE, *à part.*

Que sa douleur me charme et m'intéresse !
Fuyons-là promptement. (*A Atalante.*) Princesse,
Le ciel, dont je remplis les suprèmes décrets,
Témoin de mes justes regrets,
Veut que pour jamais je vous quitte.

ATALANTE.

Pour jamais !... je vous suis... Ciel, arrête sa fuite.

(*On aperçoit un éclair suivi d'un grand coup de tonnerre, pendant lequel descend un nuage sombre qui enveloppe le Destin, et qui, par son étendue, s'oppose au départ d'Althée.*)

LE DESTIN, *enveloppé du nuage.*

Althée, il est un terme aux cuisantes douleurs.
Ainsi que le plaisir la peine a ses limites.
Si la perte d'un frère a causé tes fureurs,
L'existence d'un fils doit suspendre leurs suites.
Plexippe, en terminant ses jours,
A de mes lois éprouvé la constance.
Il n'est point de mortel dont la vaste puissance,
Des décrets du Destin fasse changer le cours.

(*Le nuage disparaît.*)

SCÈNE III.

ALTHÉE, ATALANTE, MELÉAGRE, GARDES, PEUPLE.

ALTHÉE, *s'avançant au-devant de Méléagre.*

Mon cher fils, quel plaisir me cause votre vue !

MÉLÉAGRE, *tombant aux genoux d'Althée.*

A la vôtre, mon âme est tendrement émue.

ALTHÉE.

Relevez-vous. Les Dieux ont banni de mon cœur
Ce qui peut altérer notre commun bonheur.

MÉLÉAGRE, *avec satisfaction.*

Je pourrais appeler du tendre nom de mère !
Celle dont je reçus le jour !...
Par le plus désiré retour,
Occuper dans son cœur la place la plus chère.

ALTHÉE.

Le ciel l'a décidé.

MÉLÉAGRE.

Ma mère !... Ah ! que les dieux
Ont de pouvoir sur les cœurs vertueux !

ALTHÉE, *à Méléagre.*

De vos jours, mon cher fils, avant votre hyménée,
Je vous remets la disposition.
Au sort de ce tison tient votre destinée :
Par de plus dignes mains vous puis-je en faire don ?

(*Elle le remet à Atalante.*)

SCÈNE IV.

LES ACTEURS PRÉCÉDENS, L'AMOUR, L'HYMEN, LE TEMPS, LES PLAISIRS.

(*Le Vestibule disparaît, on voit le Temple de l'Hymen ; l'Amour et le Temps couronnent l'Hymen, entouré des Plaisirs.*)

L'AMOUR.

Touchés de l'heureuse harmonie,
Qui produit tant de générosité ;
Les dieux, d'une si chère vie,
Assurent la durée et la félicité.

(57)

Remettez avec confiance,
Entre les mains du Temps ce dépôt précieux ;
Lui seul a le secret des Dieux,
Par lui, tout, à leur gré, prend ou perd l'existence.

(*L'hymen unit Méléagre et Atalante.*)

LE TEMPS, *pendant cette union.*

Couple charmant, époux heureux,
Goutez la félicité pure.
Le Temps, qui détruit la nature,
Respectera de si beaux nœuds.
D'une mère qui vous adore,
Votre amitié filera les longs jours ;
Et de ce double empire encore,
Chaque sujet verra le fruit de vos amours.

ALTHÉE, *au Peuple.*

Du dieu, qui règne sur les cœurs,
Célébrez, célébrez, en ce jour la puissance.
De l'Hymen chantez les douceurs,
Et du Temps charmez la présence.
L'amour vous comble de faveurs ;
Ce dieu d'un roi chéri prend soin de l'existence :
L'Hymen couronne ses ardeurs ;
Et le Temps daigne encor flatter votre espérance.

CHOEUR, *pendant lequel l'Hymen et les Plaisirs forment des danses.*

Du dieu qui règne sur les cœurs,
Célébrons, célébrons, en ce jour la puissance.
De l'Hymen chantons les douceurs,
Et du Temps charmons la présence.
Du dieu qui règne sur les cœurs,
Célébrons la puissance.

MÉLÉAGRE et ATALANTE.

DUO, *à l'Amour.*

Amour, qui fait notre bonheur,
Reçois, reçois mon tendre hommage ;
Il est l'expression d'un cœur,
Sur qui tu règnes sans partage.

(*A l'Hymen.*)

Sensible à nos constans désirs,
Charmant hymen, tu couronnes ma flamme :
Avec le Temps prolonge nos plaisirs ;
C'est le dernier vœu de mon âme.

CHŒUR.

L'Amour nous comble de faveurs,
Ce dieu d'un roi chéri prend soin de l'existence,
L'Hymen couronne ses ardeurs ;
Et le temps daigne encor flatter notre espérance.

(*On danse.*)

ALTHÉE, MÉLÉAGRE, ATALANTE, LE TEMPS, L'AMOUR.

TOUS.

A conserver un tendre cœur,

L'AMOUR.

Je fais consister ma

LES AUTRES.

L'Amour met toute sa

} gloire.

L'AMOUR.

Avec le Temps je suis

ALTHÉE, MÉLÉAGRE, ATALANTE.

Avec le Temps il est

LE TEMPS.

Avec l'Amour je suis

} vainqueur.

L'AMOUR.
L'Hymen embellit ma ⎫
LES AUTRES.   ⎬ victoire.
L'Hymen embellit sa ⎭

FIN DU CINQUIÈME ET DERNIER ACTE.

www.ingramcontent.com/pod-product-compliance
Ingram Content Group UK Ltd.
Pitfield, Milton Keynes, MK11 3LW, UK
UKHW021144140726
13695UKWH00005B/1940